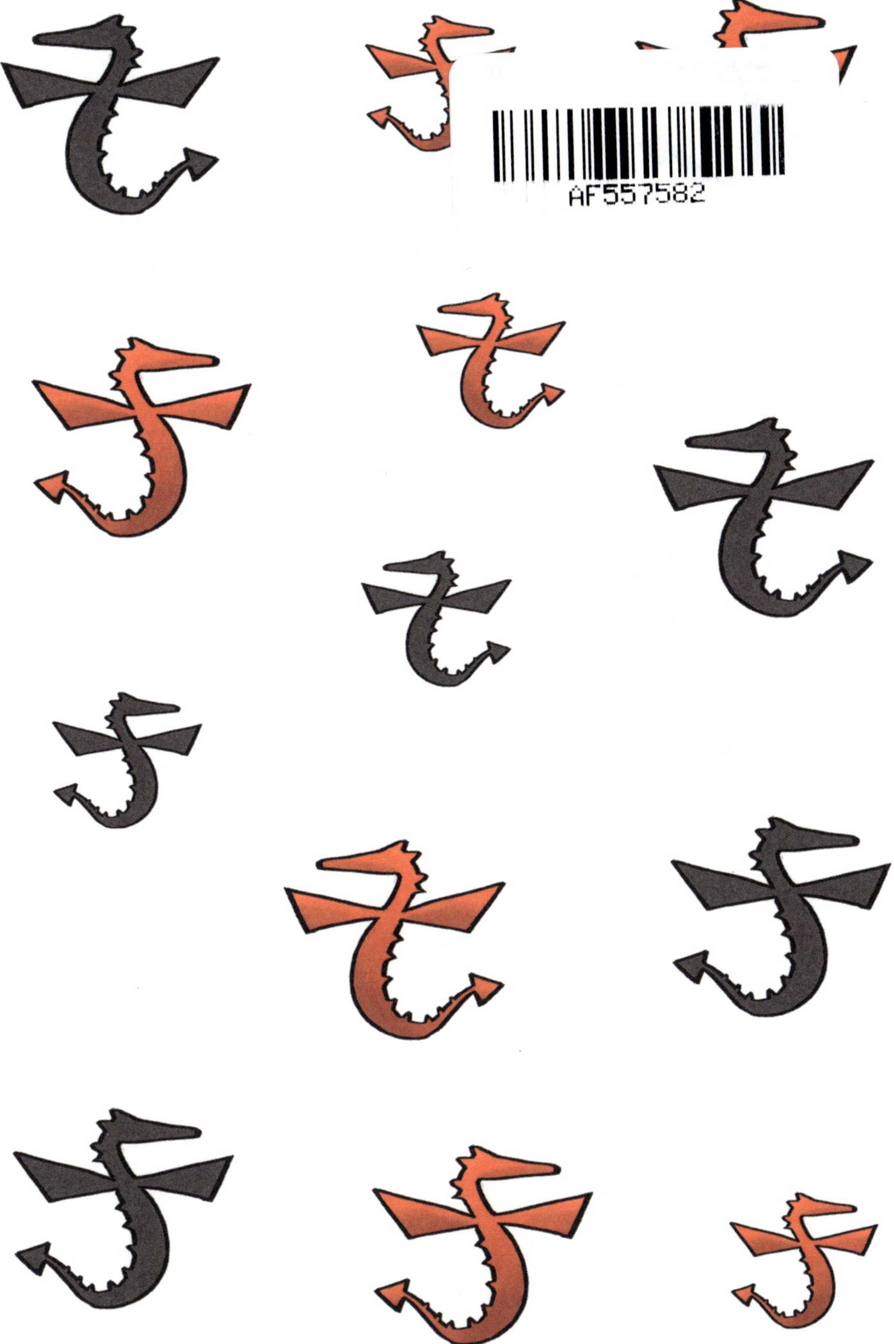

Hannes Hörndler

Der schwarze Drache

Hannes Hörndler

Der schwarze Drache

Illustrationen

Nicolas Rivero

www.ggverlag.at

ISBN 978-3-7074-2421-8

In der aktuell gültigen Rechtschreibung

1. Auflage 2021

Illustrationen: Nicolas Rivero

Gesamtherstellung: Imprint, Ljubljana

Inhalt

Lisa ist ein Energiebündel, mutig, aber auch etwas stur. Sie geht Probleme entschlossen an und will sie auch lösen.

Tom lebt auf der Straße. Er ist ein magerer Bursche, der sich mit Bauernschläue durchs Leben schlägt. In manch brenzligen Situationen hilft es ihm, dass er ein schneller Läufer ist.

Jonas' hervorstechendste Eigenschaft ist seine absolute Unauffälligkeit. Er selbst hält sich für einen völligen Durchschnittstyp, einen guten Beobachter und nicht gerade für einen Draufgänger.

Tom

Kapitel 1

„Ich werde dich finden!“ Tom wusste, dass sein Anführer recht hatte. Vermutlich hatte er Tom erspäht, als er in die alte Lagerhalle gelaufen war. Dabei war er so vorsichtig gewesen. Mehrmals hatte er sich umgesehen, ehe er blitzschnell hinter den durchsichtigen Lamellen des großen Tors verschwunden war. Danach war Tom in den ersten Stock gerannt und hatte sich zwischen zwei Regalen, die mit Putzmitteln und anderen Plastikflaschen vollgestopft waren, versteckt. Licht drang durch ein zerbrochenes Fenster herein, ein Sonnenstrahl fiel auf die rote, moderne Ledertasche, die er in den Händen hielt. Er hatte sie herrenlos bei einer Bushaltestelle entdeckt und sie mitgehen lassen. Sie war heute erst seine zweite Ausbeute gewesen – kein guter Tag für einen Taschendieb wie Tom es war. Er schüttelte sein Diebesgut. Etwas Schweres befand sich darin – vielleicht ein Laptop? Vom Gewicht her könnte es hinkommen. Ein solches Gerät würde viel

Geld bringen und Peter und seine Straßenbande doch noch versöhnlich stimmen. Normalerweise klaute er für seinen launischen Anführer Geldbörsen und Handys. Aber eine Polizeistreife ließ ihn heute vorsichtig sein. Immerhin wirkte er verdächtig: Er trug zerrissene Jeans, war schmutzig von oben bis unten und komplett abgemagert, seine braunen Haare hatte er selbst geschnitten. Leider sah er genau danach aus, was er wirklich war: ein aus dem Heim entlaufener Junge, der bettelte und für die Straßenbande von Peter stahl. Tom hörte Schritte, sein Anführer war bereits im selben Stockwerk.

„Es ist wie in der Wirtschaft", hörte er Peters laute Stimme. „Zeit ist Geld. Je länger du dich versteckst, desto mehr kostest du mich, weil du nicht für mich arbeitest. Und je mehr du mich kostest, desto weniger bekommst du zu essen! Also, komm jetzt raus, du machst es nur schlimmer!"

Peters Stimme kam näher und verriet, dass er ihn bald finden würde. Aber bevor er ihm gegenübertreten wollte, musste er wissen, was sich in der Tasche befand. Er wollte im Klaren sein, was er seinem Anführer gegen-

über vorbringen konnte. Und bis jetzt würde er ihm nur eine fast leere Geldbörse anbieten können.

„Es reicht! Raus aus deinem Versteck!"

„Noch nicht", dachte sich Tom. „Bleib geduldig und wirf einen Blick in die Tasche!" Er zog an dem Reißverschluss. „Bitte, lieber Gott, lass einen wertvollen Laptop hervorkommen!" Die Prügel würden Tom nicht stören. Nur sein Magen knurrte, er brauchte dringend etwas Ordentliches zu essen, was er nur bekam, wenn er Besitztümer ablieferte, die Geld einbrachten. Ständig wurde er beobachtet, stahl er etwas, bekamen es Peters Handlanger sofort mit. Mist! Kein Computer, sondern nur ein dünnes, altes Buch steckte darin. Er warf einen kurzen Blick hinein, auf einer Seite prangte ein Drache. Schnell tastete er nach weiteren Sachen. Nichts!

Vielleicht noch etwas in der Seitentasche? Er fuhr mit dem Zeigefinger hinein und spürte einen kleinen Gegenstand in der hintersten Ecke. Tom holte ihn heraus und hielt ihn ins Licht. Ein roter Stein, in den ein schwarzer Drache eingraviert war. Er gefiel ihm, obwohl er auf den ersten Blick nicht wertvoll schien.

„Hinter dem Regal!“, rief jemand. Peter und seine zwei Helfer hatten ihn also entdeckt. Jetzt musste er sich schnell entscheiden. Das Buch war wertlos, die Tasche könnte ein paar Euro bringen, die Geldbörse würde er aushändigen, aber den Stein wollte er behalten. Der Gegenstand landete gerade noch rechtzeitig in der linken Hosentasche (die rechte hatte ein Loch), ehe das Sommersprossengesicht von Peter um die Ecke lugte.

„Es wirkt nicht gerade vertrauenserweckend, wenn man sich versteckt.“ Aus dunkelbraunen Augen starrte er Tom an. Seine zwei Helfer hielten sich im Hintergrund. Der eine hieß „der Lange“, der andere „der Dicke“. Peter sprach in seiner Bande nie jemanden mit richtigem Namen an. Tom war „der Neue“.

„Ich habe die Beute bereits für dich sortiert“, log Tom.

„Wahrscheinlich aussortiert“, brummte Peter.

„Ich habe eine schöne Ledertasche und eine Geldbörse mit ein paar Scheinen erbeutet.“

„Mehr nicht?“, fragte Peter mit einem misstrauischen Blick, während er die beiden Sachen an sich nahm.

„War kein guter Tag heute.“

„Wird es mir Freude bereiten, wenn ich da reinschaue?“

„Wenn du auf Drachen stehst, dann ja.“

„Mumm hast du, das muss ich dir lassen. Die anderen scheißen sich in die Hose, wenn sie vor mir stehen.“

Peter kramte das dünne, aber schwere Buch heraus und schmiss es Tom aus nächster Nähe ohne Vorwarnung an den Kopf. Tom sah schwarz, ihm wurde schwindelig. Nur langsam erholte er sich davon.

„Sicher kein Laptop in der Tasche gewesen?“, hakte Peter nach.
Tom schüttelte den Kopf. Ihm lag noch eine lustige Bemerkung auf der Zunge, die er sich aber verkniff.
„Langer, Dicker! Durchsucht die Halle, vielleicht hat der Neue ja das Gerät irgendwo hier versteckt!“
Die beiden taten, wie ihnen befohlen worden war.
Peter hingegen trat dicht an Tom heran. Er roch nach scharfem Kaugummi, den er herausholte und auf Toms Stirn klebte. Tom ließ es sich gefallen.
Er hatte seine Hände tief in die Hosentaschen gesteckt und umklammerte seinen Stein. Er hoffte, dass Peter nichts bemerkt hatte. Der Kaugummi löste sich und fiel auf den Boden.
„Dann werde ich einmal den Neuen gründlich durchsuchen!“

Lisa

Kapitel 2

Lisa starrte aufs Meer. Während ihre Freunde bereits wieder die Schule besuchten, durfte sie baden gehen. Das war auch schon der einzige Vorteil ihres Umzugs in das fremde Land. Es hatte heftigen Streit zwischen ihr und ihren Eltern gegeben. Ihr Vater hatte eine neue Arbeit auf einem anderen Erdteil bekommen und dort ein Jahr lang allein verbracht. Nun hatte die Familie entschieden, ihm zu folgen. Die Familie? Pah! Mama und Papa hatten es unter sich ausgemacht! Sie war nicht einmal gefragt worden.

Lisa zog ihr T-Shirt und ihre Shorts aus, darunter kam der neue schwarze Bikini zum Vorschein. Sie band ihr blondes Haar zu einem Pferdeschwanz zusammen und legte ihre Kette ab. Es war ein Abschiedsgeschenk von ihrem Opa gewesen – ihr wertvollstes Mitbringsel aus ihrer alten Welt. Vorsichtig ließ sie die Kette mit dem besonderen Stein in der Mitte auf den Boden ihres Strandkorbes gleiten. Sie schnappte sich ihre rote Matratze und schwamm weiter ins Meer hinaus, als es Mama und Papa erlauben würden. Vielleicht aus Trotz, vielleicht einfach nur, weil ihr danach war. Die Wellen glitzerten in der Sonne, sie ließ ihre Füße ins warme Wasser gleiten. Hätte sie hier auf Anhieb Freunde gefunden, wäre es vielleicht ein schöner Badetag geworden. Nur so schnell fand man in einem fremden Land keine neuen Freunde. Wenn in ein paar Tagen die Schule losgehen würde, würde alles leichter werden, hatten ihre Eltern versucht sie zu trösten. Ja, vielleicht. Die Schule konnte aber ebenso zum Alptraum werden. Mama und Papa stellten sich immer alles so einfach vor. Sie war allein und ihr war langweilig. Punkt! Papa arbeitete den ganzen Tag, Mama suchte Arbeit den ganzen Tag und sie fadisierte sich den ganzen Tag! Bildete sie sich das nur ein oder tauchten da schwarze Flecken am Horizont auf? Oder hatte sie einfach zu lange in die Sonne gestarrt? Lisa richtete sich auf der Matratze auf. Womöglich zogen dunkle Wolken auf. Nein, es waren keine Wolken, dafür waren die Punkte zu nah am Wasser. Vielleicht Nebel? Gab es überhaupt

Nebel in diesem Land? Lisa wusste es nicht. Die wenigen anderen Strandbesucher reagierten nicht, womöglich spielten ihr ihre Augen einen Streich. Doch ein ungutes Gefühl kroch in ihr hoch. Sie konnte nicht ausmachen, woher das Gefühl stammte. Die Schwärze erinnerte sie an etwas. An eine dieser verrückten Erzählungen ihres Großvaters? Der hätte bestimmt etwas über die dunklen Flecken gewusst, er hatte auf alles eine Antwort. Er war so ein unglaublich guter Geschichtenerzähler. Sobald sie an ihn dachte, vermisste Lisa ihren Opa und seine unglaublichen Einfälle sehr. Eine von seinen Erzählungen handelte von schwarzen Flecken und einem gefährlichen Nebel. Darin kamen auch Drachen und eine Schwärze vor, die zu einer unüberwindbaren Wand heranwachsen und alles verschlucken sollte. Ziemlich cool und spannend obendrein. „Aber es gibt keine Drachen!“, redete sich Lisa ein. „Es war doch nur eine Geschichte.“ Sie blickte sich um. Nein, die düsteren Punkte bildete sie sich definitiv nicht mehr ein. Mittlerweile hatte sich aus den kleinen runden Dingern ein riesengroßer schwarzer Klumpen gebildet, der sich vom Meer her Richtung Küste ausbreitete. Sie erkannte, dass auch

andere Menschen darauf aufmerksam wurden. Zwei Männer, die gerade um die Wette kraulten, hielten kurz inne und starrten in den Himmel, ehe sie unbekümmert weiterschwammen. Drei Jugendliche hingegen flüchteten aus dem Wasser. Auch sie selbst musste sofort an Land! An diesen Teil von Opas Geschichte konnte sie sich genau erinnern: Drei Steine spielten darin eine wichtige Rolle und sie hatte einen davon an ihrer Kette baumeln. Wenn die Erzählung stimmen sollte (das mit dem Drachen glaubte sie nach wie vor nicht), würde der Stein ihr und der Menschheit das Leben retten können. Sie paddelte, so schnell sie konnte, Richtung Strand.

Jonas

Kapitel 3

Jonas seufzte. Er war in der Schule, saß im ersten Stock auf einem Fensterbrett und fragte sich, warum er sich das noch immer antat. Es war Dienstag, kurz vor fünf Uhr am Abend, und er wartete auf seine Gitarrenlehrerin. Er ärgerte sich darüber, dass er kein anderes Hobby gewählt hatte. Aber Jonas wusste die Antwort darauf. Er fand einfach keins. Er war weder eine Sportskanone noch ein guter Bastler oder ein Computerfreak. Jonas hatte kaum Freunde, er war nicht schlecht in der Schule, aber auch nicht besonders gut. Er war so ziemlich die unauffälligste Person, die er kannte. Ein Musikinstrument zu lernen, fehlte noch, irgendwann war er auf Gitarre gestoßen. Schon nach wenigen Wochen hatte sich herausgestellt, dass es nicht zu einem Rockstar reichen würde. Auch hier war er Mittelmaß. Obwohl er kaum noch übte, lobte ihn seine Lehrerin. Vermutlich wollte sie nicht, dass er aufhörte. Eigentlich sollte er jetzt kurz vor der

Stunde seine Gitarre stimmen, aber er hatte keine Lust darauf. Er würde der Lehrerin einfach sagen, dass er sein Stimmgerät vergessen hatte.
Jonas blickte aus dem Fenster. In der Ferne erkannte er etwas, was wie eine schwarze Zunge aussah. Wenigstens war er ein guter Beobachter und sah alles bis ins kleinste Detail. Vielleicht ließe sich ja daraus einmal ein Hobby machen.
„Hm – womöglich ein Nebel? Seit wann sind Nebel so dunkel?“, dachte er sich. Die rauchige, schwarze Zunge fraß alle Bäume, Gebäude und Menschen gierig in sich hinein. Jonas hoffte, dass es nur ein besonderes Naturschauspiel war und niemandem etwas geschehen würde. Von der Seite her breiteten sich nun zwei große, schuppige, rabenschwarze Flügel aus, die ebenso alles verschlangen. Er sah, wie seine Gitarrenlehrerin zum Schultor lief und sich mehrmals angsterfüllt umdrehte. Die schwarzen Flügel wuchsen zu einer großen, wallenden Nebelwand heran, seine Gitarrenlehrerin wollte rechtzeitig ins Gebäude gelangen. Das war kein normaler Nebel, das war etwas anderes! Einen Moment später wurde die Frau von der Schwärze erfasst und

war darin verschwunden. Rasch schloss Jonas das offene Fenster, ob es helfen würde, wusste er nicht. Dann rannte er auf den Gang. Die Schule war um diese Zeit fast menschenleer. Es wurde finster um ihn herum, er tastete nach einem Schalter und knipste das Licht an. Plötzlich hörte er einen lauten Knall aus einem der Klassenzimmer. Jonas riss die Tür auf. Der Schulwart schloss hektisch der Reihe nach gekippte Fenster.
„Jonas! Sofort in den Keller!“, schrie er aus vollem Hals. Er war noch keine dreißig Jahre alt, trug einen langen, geflochtenen Bart und wirkte mit seinen Tattoos wie ein entflohener Häftling. Aber der Schein trog. Er war viel netter zu den Kindern als sein mürrischer Vorgänger.
„Wie, was?“, stammelte Jonas.
„Der Direktor wartet auf dich!“
„Warum gerade auf mich?“
„Du bist das einzige Kind im Haus. Und du bist klein genug, um der Aufgabe gewachsen zu sein. Der Direktor und ich sind zu dick dafür, hat er mir aufgeregt zugerufen.“
Jonas verstand nur Bahnhof. Was meinte der Schulwart damit?

„Welcher Aufgabe? Und was ist das überhaupt?“, fragte er, ohne weiter Anstalten zu machen, wegzulaufen.
„Ich weiß es nicht, aber der Direktor weiß es. Er hat ausdrücklich nach dir gefragt.“
„Fenster schließen hilft dagegen?“
„Man kann die Schwärze nicht lange damit aufhalten, hat er mir gesagt. Aber ein bisschen vielleicht! Und jetzt ab in den Keller mit dir! SOFORT!“
Die lautstarken, eindringlichen Worte des Schulwartes zeigten bei Jonas Wirkung, noch dazu, als er die Schwärze durch ein gekipptes Fenster hereinkriechen sah. Schnurstracks stürmte er auf den Gang. Niemand war da, seine Schritte hallten laut auf dem alten Parkettboden. Er erreichte die Stiege, flog förmlich über die Stufen und war froh, endlich im Keller angelangt zu sein. Drei Räume gab es dort. Den Heizraum, den Musikraum und das Lager. Verdammt! Wo nur hielt sich der Direktor auf?

Tom

Kapitel 4

Tom lag gekrümmt auf dem Boden und fasste sich an den Magen. Er hatte Schläge ins Gesicht und in den Bauch einstecken müssen, als Peter den Stein in seiner Hosentasche entdeckt hatte. Natürlich hatte er ihn ihm nicht überlassen, obwohl sein Anführer genau gewusst hatte, dass er scheinbar nicht viel wert war. Peter ging es nur ums Prinzip. Er hatte deutlich vorgeführt, wer über Toms Leben bestimmte. Eine Weile waren er und seine beiden Helfer noch in der Halle geblieben und hatten nach einem Laptop gesucht. Nachdem sie aber nichts gefunden hatten, waren sie abgehauen.

Tom griff sich an die Wange. Sie schmerzte, er verzog das Gesicht. Er richtete sich auf und ging zum Fenster mit dem zerbrochenen Glas. In der Ferne glaubte er einen schwarzen Drachen zu erkennen. Oder war es nur Nebel, der aufzog? Vermutlich spielten ihm seine Sinne einen Streich. Die Schläge waren anscheinend heftiger gewesen, als er zuerst angenommen hatte. Er blinzelte, der Rauch in Form des Drachen verschwand aber nicht. War es Zufall oder verbarg sich mehr dahinter? Immerhin hatte er heute ein Drachenbuch mitgehen lassen und einen Stein mit einer Drachengravur gefunden. Und nun sah er vermutlich – sicher war er sich immer noch nicht – einen dunklen Nebeldrachen über die Altstadt schweben, der immer größer wurde und sich ausdehnte. Das Buch! Vielleicht konnte ihm das weiterhelfen! Er konnte sich nicht vorstellen, dass es Peter an sich genommen hatte. Fieberhaft suchte er die Halle danach ab und fand es in einer Ecke auf dem staubigen Fliesenboden vor. Er hob es auf. Der schwarze Ledereinband ohne Titel war abgegriffen. Die Schrift war in sonderbar geschwungenen Buchstaben gehalten, auf altem Pergamentpapier – die Handschrift war für ihn nicht zu entziffern. Es musste eine sehr alte Sprache sein, in der das Buch geschrieben worden war. Immerhin hatte jemand mit einer Füllfeder Notizen hinzugefügt, die er lesen konnte: *Es wurden kaum mehr Junge geboren – warum nicht?* Auf der nächsten Seite stand: *Säugetiere namens Menschen sollten auf*

der Erde auftauchen, in der Schwärze verschluckt werden und eine wichtige Rolle dabei spielen. Werden sich Menschen in Drachen verwandeln oder dabei sterben??? Sollen die Drachen wieder die Herrschaft übernehmen und die Menschen gänzlich verschwinden?
Nur drei Steine, wenn von ihren Besitzern getragen, könnten den Drachen dann noch gefährlich werden. Ein Stein genügt also, um das Tor zum schwarzen Drachen zu öffnen, welche Rolle spielen die anderen beiden Steine?
Er blätterte mehrmals um, bis er auf ein Bild stieß, auf dem ein schwarzer Drache abgebildet war. Daneben waren ein Nebel und drei Steine abgelichtet. Davon sah einer genauso aus wie der, den er noch vor wenigen Minuten besessen hatte. Mit dem Buch in der Hand rannte Tom wieder ans Fenster und verglich das Bild mit dem Nebeldrachen. Er traute seinen Augen nicht! Das war derselbe schwarze Drache! Er wuchs mehr und mehr zu einer einzigen, bedrohlichen Himmelswand an, die allmählich die Sonne und ein paar hohe Quellwolken verdeckte. Der Tag wurde zur Nacht.

Was, zur Hölle, war da draußen los? Er fragte sich, wem die Tasche wohl gehört hatte. Vermisste derjenige sie bereits oder hatte er keine Ahnung davon? Wusste er von den Ereignissen, die sich gerade vor seiner Nase abspielten? Vielleicht war es sogar Bestimmung, dass er den Stein sozusagen entdeckt hatte! Wenn es aber Schicksal war, ihn zu finden, dann musste es auch Bestimmung sein, ihn zu haben! Er musste ihn zurückholen, bevor der Nebel alles verschlingen würde! Er kannte zwar das Versteck, wo Peter die gestohlenen Sachen verstaute, vermutlich befand sich der Stein aber noch in Peters Hosentasche. Frisches Diebesgut trug sein Anführer gerne ein paar Tage mit sich herum. Das musste er sofort herausfinden! Tom nahm das Buch und verließ die Lagerhalle. Der Himmel war zur Gänze bedeckt, der dunkle Nebel begann, sich auf die Stadt herabzusenken.

Lisa

Kapitel 5

Lisa lag auf ihrer Matratze und paddelte mit den Armen so kräftig sie konnte. Trotzdem fühlte es sich an, als würde sie kaum vom Fleck kommen. Hinter ihr raste die schwarze Wand heran, vor ihr lag der Strand noch eine gefühlte Ewigkeit entfernt. Die Wellen erschwerten das Vorankommen, deswegen ärgerte sie sich, so weit hinausgeschwommen zu sein.

Ihr fiel ein weiteres Detail aus Großvaters Geschichte ein. Keinesfalls durfte sie von der Schwärze berührt werden. Falls Großvaters Erzählung gerade wahr werden sollte, würde sie darin entweder für immer im Nichts verschwinden oder sich irgendwann später in einen Drachen verwandeln.

Allmählich erblickte sie ihre Sachen. Ihr blaues Handtuch lag im Sand, ihr Korb stand unweit davon. Lisa atmete auf. Sie brauchte die Kette mit dem Stein und der roten Drachengravur – es war nur noch ein kleines Stück bis zum Strand.

Die Küste war beinahe menschenleer. Eine Mutter packte ihre kleine Tochter am Arm und beeilte sich, von hier zu verschwinden. Lisa rutschte von der Luftmatratze und tauchte ins warme Meer. Sie hatte im Sommer Kraulunterricht genommen, was ihr jetzt zugutekam. Im seichten Wasser richtete sie sich auf und sprang über die schäumenden Wellen. Eine spitze Muschel bohrte sich in ihre Sohle, Lisa verzog kurz das Gesicht und rannte weiter. Sie wagte einen kurzen Blick nach hinten. Die schwarze Nebelwand verschluckte alles, keinesfalls durfte sie von ihr erfasst werden! Lisa erinnerte sich an ein weiteres Puzzleteil aus Großvaters Geschichte. Sie würde den Stein bei sich haben müssen, genau in dem Moment, in dem ihr Großvater das Tor zum schwarzen Drachen öffnen würde. Nur so würde sie der Menschheit helfen können.

Endlich war sie an ihrem Platz angekommen. Lisa griff nach dem Korb. Merkwürdig. Etwas stimmte nicht. Die Griffe zierten kleine Stickblumen. Es war nicht ihr Korb! Ein Schauer lief ihr über den Rücken! Sie schüttelte den Inhalt aus. Zwei Trinkflaschen, ein Lippenstift, eine Modezeitschrift, eine Sonnenbrille und ein Bilderbuch. Die Mutter mit dem Kleinkind! Sie hatte doch einen Korb in der Hand, als sie mit ihrer Tochter im Arm vom Strand weggelaufen war. Hatte sie in Panik den falschen mitgenommen? Vermutlich! Verdammt! Wohin waren die beiden nur gelaufen? Zwischen den zwei Strandduschen führte ein kleiner Weg auf die Strandpromenade, da hatte Lisa die Frau zuletzt gesehen. Sie wählte die gleiche Richtung und erreichte das Kopfsteinpflaster. Zwei Teenager und ein Rentnerpaar verschwanden in Seitengassen, mehr und mehr Personen flüchteten ins Stadtinnere. Selbst jene, welche die dunkle Nebelwand bisher als harmlos abgetan hatten, wurden von Furcht gepackt und flohen panikartig. Die Schwärze hatte das gesamte Meer verschluckt und drohte, bald die Promenade einzunehmen. Wo war nur die Mutter mit dem Kleinkind? Sie musste sich für eine Richtung entscheiden! Links oder rechts? Rechts! Einfach vom Bauchgefühl her. Sie lief bis zur nächsten Abzweigung. Aus der Ferne sah sie, wie eine Frau alle Hände voll zu tun hatte, mit einem Kleinkind auf ihrem Arm zu

laufen. Das Mädchen hielt einen Korb krampfhaft zwischen ihren Fingern.
„Halt, stehen bleiben!“, rief Lisa auf Deutsch, ehe ihr wieder einfiel, dass hier alle Englisch sprachen.
„Please stop! That is my basket!“
Doch die Frau reagierte nicht. Sie rannte weiter, bis sie an der ersten Kreuzung links abbog und aus Lisas Blickfeld verschwand.
Vereinzelt kamen nun auch Leute aus dem Stadtinneren in Lisas Richtung gelaufen. Das verhieß nichts Gutes. Wenig später entdeckte sie auch schon den Grund dafür. Eine zweite Nebelwand näherte sich vom Stadtzentrum her! Es hatte sich ein weiterer Nebel gebildet, der nur noch wenige Meter von der Kreuzung entfernt war, an der die Frau mit ihrem Kind und Lisas Korb abgebogen war. Lisa würde es nicht mehr bis dahin schaffen, die Schwärze verschluckte bereits die erste Ampel. Auf diesem Weg würde sie der Frau nicht folgen können. Der Weg zurück zur Strandpromenade war auch in Schwarz gehüllt. Sie war gefangen und die Kette war unerreichbar weit weg.

Jonas

Kapitel 6

Heizraum, Musikzimmer oder Lager? Die Räume lagen weit auseinander. Um keine wertvolle Zeit zu verschwenden, musste sich Jonas also entscheiden. Das Lager lag am nächsten – er würde es zuerst dort versuchen! Das Musikzimmer war auf der anderen Seite des Ganges und im Heizraum vermutete Jonas seinen Direktor am wenigsten.

Die Tür zum Lager stand offen – ein gutes Zeichen! Erst zweimal war er dort drinnen gewesen und er hatte es jedes Mal mit einem mulmigen Gefühl verlassen. Verblichene Karten hingen an den Wänden, Augen von ausgestopften Tieren starrten ihn vorwurfsvoll an. Anschauungsmaterial für den Unterricht, so, wie man es heutzutage nicht mehr verwenden würde. Jonas betrat den Raum, den zwei große Bücherregale in der Mitte ausfüllten. In einem waren aussortierte Klassenlektüren verstaut, in dem anderen verstaubten dicke Bände. Er hörte jemanden sprechen und trat ein paar Schritte vor.

Am Ende eines Bücherregals suchte der Direktor hektisch nach einem Gegenstand und murmelte etwas vor sich hin. „Stein. Drache. Buch.“ Wie am Fließband wiederholte er dieselben Wörter. Er war so in seine Suche vertieft, dass er Jonas erst bemerkte, als dieser auf seine Schulter tippte.

„Ist sie schon im Gebäude?“, fragte er, ohne Jonas dabei anzuschauen.

„Wer?“

„Na die Schwärze!“

„Im Keller noch nicht, aber vermutlich bereits im Erdgeschoss.“

„Dann haben wir fast gar keine Zeit mehr. Wir müssen ihn finden – den Stein des Drachen! Nur der kann uns noch weiterhelfen, sonst sind wir alle verloren! In diesem Regal befindet sich irgendwo ein hohles Buch, darin habe ich das wichtige Stück verstaut und sicher aufbewahrt. Anscheinend zu sicher! Ich finde die Stelle nicht mehr!“

„Wie soll uns ein Stein weiterhelfen können?“

„Eine uralte Geschichte wird wahr“, erwiderte der Direktor und griff sich auf seinen wohlgeformten Bauch.

„Wir Menschen sollen verschwinden und die Drachen werden kommen. Es wird geschehen, wenn sich die Schwärze komplett ausgedehnt hat. Entweder werden wir darin langsam sterben oder – falls wir Glück haben – uns irgendwann in ferner Zukunft in Drachen verwandeln."

„Was reden Sie da?", unterbrach ihn Jonas.

„Drachen gibt es nicht!"

„Genauso wie es keinen schwarzen Nebel gibt, der alles verschluckt?"

„Ja, ja, schon gut. Hab's kapiert! Aber Drachen?"

„Es gibt viel mehr, als du dir vorstellen kannst. Wir Menschen sind in höchster Gefahr! Ich habe es in meinem Buch gelesen, das ich von meinem Vater geerbt habe. Glaube mir, nur die drei Steine des Drachen können uns noch retten! Ich hatte sie alle in meinem Besitz. Einen habe ich hier aufbewahrt, den anderen habe ich meiner Enkelin in Form einer Kette geschenkt, bevor sie ausgewandert ist. Den dritten hatte ich immer bei mir in meiner Tasche. Aber die wurde mir heute an der Bushaltestelle gestohlen, als ich sie für einen Moment abgestellt hatte!"

„Hilft uns ein Stein überhaupt weiter – wenn man doch alle drei für die Rettung braucht?“
„Fürs Erste ja! Denn ein Stein genügt zunächst einmal, um das Tor zum schwarzen Drachen zu öffnen. Das wird deine Aufgabe sein!“
„Wieso meine?“
„Ich bin leider zu dick dafür geworden, der Schulwart passt auch nicht hindurch und du bist das einzige Kind hier weit und breit.“
„Ist jetzt dieser Drache unser Feind oder nicht?“
„Ja und nein! Ich kann es dir auf die Schnelle nicht erklären! Hör gut zu! Wenn du diese Pforte öffnest, müssen alle Besitzer im selben Moment den Stein bei sich tragen, dann kommen auch sie automatisch zur Höhle des schwarzen Drachen, egal, wo sie sich befinden. Nur dann kann man gegen diese Schwärze noch etwas bewirken: So stand es nämlich im Buch: Nur drei Steine, wenn von ihrem Besitzer getragen, könnten ihnen – und damit sind die Drachen gemeint – dann noch gefährlich werden. Das scheint wichtig zu sein, obwohl die letzten Seiten leider leer geblieben sind und nicht mehr darüber zu erfahren war. Das Buch ist

sehr alt und darin stehen scheinbar Dinge geschrieben, die vor den Menschen passiert sind. Es ist mir selbst ein Rätsel, wie das funktionieren kann, aber alles tritt gerade so ein, wie es im Buch beschrieben wird. Ich vertraue meiner Enkelin – sie passt bestimmt gewissenhaft auf ihre Kette auf. Bete also, dass auch der dritte Stein in guten Händen ist. Man braucht alle zu unserer Rettung! Und jetzt höre auf, mich zu löchern, sondern frag' danach, wie das Buch aussieht, in dem ich den rettenden Glücksbringer versteckt habe."

Jonas ließ zuerst die Worte sacken, ehe er antwortete.

„Wie sieht das Buch aus, in dem Sie den rettenden Glücksbringer versteckt haben?“
„Unauffällig. Das ist es ja! Es hat einen farblosen Einband, so wie viele Bücher hier. Den Stein sollte ja niemand finden.“
„Warum bewahren Sie ihn nicht zu Hause auf?“
„Weil sich das Tor zum schwarzen Drachen hier in diesem Raum befindet. Du siehst ja, wie schnell sich die Schwärze ausbreitet. Ich wohne zwar nicht weit weg von hier, aber ich verbringe die meiste Zeit in der Schule.“
„Wann haben Sie ihn zum letzten Mal in das Buch gelegt?“
„Vor ein paar Wochen. Normalerweise weiß ich ganz genau, wo er ist. Nur hatte ich heute Nachmittag einen Arzttermin und ich bekam starke Tabletten gegen mein Sodbrennen und aufgeregt bin ich auch. Wieso fragst du?“
„Weil auf den meisten Büchern eine dicke Staubschicht liegt. Konzentrieren wir uns also auf die, die in letzter Zeit benützt wurden.“
Jonas schaltete am Handy die Taschenlampe ein und

suchte damit das Regal ab. In der obersten Reihe waren alle Bücher verschmutzt, in der mittleren alle bis auf zwei Ausnahmen. Jonas schüttelte sie, aber er hörte kein Klackern oder Rasseln, somit kamen sie nicht in Frage. In der untersten Reihe war kaum Staub auf den Büchern zu entdecken, sie war durch die oberen geschützt. „Diese Reihe“, schlug Jonas vor.

„Im Rekordtempo!“, meinte der Direktor und deutete auf die Tür. „Die Schwärze strömt bereits ins Lager! Wenn sie uns erwischt, kann niemand mehr das Tor zum schwarzen Drachen öffnen!“

Tom

Kapitel 7

Mit dem Drachenbuch unter dem Arm stürmte Tom aus der Lagerhalle. Er musste zum alten verlassenen Sportplatz. Dort hatten sich Peter und seine Straßenbande eingenistet, dort vermutete er auch seinen Stein. Tom lief so schnell er konnte in Richtung Bahnhofsgebiet, nahm eine Abkürzung über eine kleine Schotterstraße und vermied somit das Waldstück, das er normalerweise durchquerte. Mittlerweile war es zu finster geworden, um es schnell passieren zu können.

Vor ihm tauchte der lange, grüne Maschendrahtzaun auf, den Tom schon herbeigesehnt hatte. Endlich war er da! Es war auch höchste Zeit, denn die schwarze Himmelsdecke rollte heran und verdeckte bereits zur Hälfte die kaputten Scheinwerfer der Flutlichtmasten. Ihm blieben vermutlich nur mehr Minuten, um vor der einbrechenden Dunkelheit den Drachenstein wieder in seinen Besitz bringen zu können.

Im Zaun klaffte ein Loch, durch das er in die verlassene

Sportarena schlüpfte. Er lief zur Hinterseite der Tribüne, in den Räumen darunter hatte die Bande alle gestohlenen Gegenstände gehortet. Tom versteckte sich hinter einer Mülltonne und erspähte einen Jungen, den sie den Verrückten nannten.

„Kommt wohl ein Gewitter", sagte dieser, während er hinter der Tribüne auf und ab marschierte. Er war bekannt dafür, mit sich selbst zu reden.

Tom dachte nach. „Das Lager ist also bewacht, vielleicht sogar zusätzlich noch versperrt. Hat Peter den Stein bereits hierher gebracht? Nein!" Tom konnte das ausschließen. Peter würde niemals einen neu gestohlenen Gegenstand gleich am ersten Tag aus der Hand geben! Dafür prahlte er viel zu gerne! Für Tom war also klar: Er musste seinen Anführer aufsuchen.

In seinem Kopf formte sich ein Plan.

Lautlos klappte Tom den Deckel der Tonne auf – es war sein geheimes Versteck vor Ort – und entnahm daraus ein großes, schwarzes Plastiksackerl, in welches er das Drachenbuch stopfte. Damit lief er über den Rasen auf die andere Seite des Platzes und stieg die Treppen zum Klubhaus hoch. Tom drückte die Klinke, die Tür sprang auf.

Der Vorraum war fast leer. In der einstigen Kantine befand sich nur noch die Schank mit der Zapfsäule auf der Peter saß und ihn mit einem verschmitzten Lächeln begrüßte. Der Lange und der Dicke schirmten die Gänge zu den Kabinen ab, wo es weitere Ein- und Ausgänge gab.

„Na, auch schon wieder da?“, grinste sein Anführer. „Hast wohl Hunger bekommen.“

„Ich will nichts zu essen“, erwiderte Tom, obwohl sein Magen knurrte. „Ich will nur den Stein wieder haben. Er ist wertlos.“

„Wenn du ihn willst, dann ist er sehr wohl etwas wert.“

„Wenn ich den Stein bekomme, dann sage ich euch, wo der Laptop ist.“

„Du willst mich also erpressen. Aha! Redet man so mit seinem Anführer?“

„Ich schlage nur ein Tauschgeschäft vor. Stein gegen Laptop. Ist doch ein fairer Handel.“

„Wer weiß, ob du das Gerät überhaupt hast?“

„Würde ich wohl ohne Laptop auftauchen?“ Er deutete auf das Plastiksackerl, das er in den Händen hielt. Jetzt wurde es heikel.

„Schaut her!“, rief Peter seinen zwei Helfern zu. „Der Neue ist ja fast so verrückt wie der Verrückte!“ Dann sprang er von der Schank herunter und ging einen Schritt auf Tom zu. „Du weißt doch, dass du diese Sache hier nicht ohne Prügel überstehen wirst.“

„Vielleicht. Aber der Stein ist es mir wert! Wenn du den Laptop nicht willst, dann verschwinde ich eben aus der Stadt. Mit dem Gerät habe ich ein kleines Startkapital, um neu anzufangen.“ Tom versuchte, möglichst überzeugend zu wirken, die wertvolle Beute bei sich zu tragen.

„Du denkst ernsthaft, hier noch heil rauszukommen?“, lachte Peter.

„Das denke ich schon. Du bist zwar stärker, aber ich bin schneller.“

Peter blieb für seine Verhältnisse ziemlich gelassen. Er gab dem Langen und dem Dicken ein Zeichen, näher an Tom heranzutreten.

„An deiner Stelle würde ich die beiden wieder zurückrufen“, sagte Tom. „Ich bin rascher mit dem Laptop weg, als dir lieb ist.“

„Wenn der Laptop nichts wert ist, dann verfolge ich

dich auch in der nächsten Stadt. Das verspreche ich dir!“ Dann kramte Peter einen kleinen Gegenstand aus seiner Hosentasche und schmiss ihn in Toms Richtung. Geistesgegenwärtig fing dieser ihn auf. War es so einfach gegangen? Hatte er es tatsächlich geschafft? Gebannt starrte er auf seine Faust, als er sie öffnete. Hoffentlich … ja, es war der Stein! Täuschte er sich oder fing darauf der Drache zu leuchten an? Tom lächelte. Es hatte funktioniert. Und jetzt musste er schleunigst von hier verschwinden.

„Es macht Spaß, dir zuzusehen, wie du dich freust und annimmst, den Stein behalten zu dürfen.“

Das hörte sich nicht gut an! Hatte er etwas übersehen? Peter lächelte an ihm vorbei.

Tom drehte sich um und starrte in die Augen eines Jungen mit Wuschelkopf. O nein! Der Verrückte hatte sich unbemerkt von hinten angeschlichen und versperrte ihm den Weg in die Freiheit.

„Vielleicht kommst du mit einem blauen Auge davon“, erklärte Peter in ruhigem Ton, „was ich aber bezweifle.“

Lisa

Kapitel 8

„Ich gebe sicher nicht auf", dachte sich Lisa, „auch wenn ich von den Nebelwänden fast eingekesselt bin. Es ist meine Kette, es ist mein Stein, Großvater hat ihn mir geschenkt – und das hat seine Gründe! Er weiß, dass die Geschichte mit der Schwärze wahr werden kann. Hoffentlich öffnet er mit einem seiner beiden Steine das Tor zum schwarzen Drachen. Wenn ich schon den Stein nicht in meinen Händen habe, dann hoffentlich die Frau. Aber derzeit liegt er wahrscheinlich nutzlos in meinem Strandkorb und die Frau hat keine Ahnung, wie wichtig sein Inhalt ist. Ich muss das ändern!"

Ihr blieb nur eine Möglichkeit: Sie musste so nah wie möglich an die Kreuzung vor ihr herankommen, dann auf der linken Seite in ein Gebäude eindringen und sich so in die Innenhöfe vorkämpfen. Vielleicht war ja auch die Frau mit ihrem Kind in ein Haus geflüchtet. Sie zählte die Häuser. Fünf lagen zwischen ihr und der weiter herandrängenden Schwärze. Lisa lief an den ersten drei Häusern vorbei, klingelte beim vierten Gebäude. Dort hingen zwei Schilder: „Family Miller“ und „Beware of the dog“. Das Läuten ließ den Hund anschlagen, er hörte nicht zu bellen auf. Sie rüttelte an der Tür. Versperrt! Hektisch lief sie zum nächsten Haus und drückte verzweifelt die Klinke – die Tür ließ sich öffnen! Endlich hatte sie Glück. Lisa schlüpfte in das dreistöckige Wohngebäude. Sie lief an den Postfächern vorbei und hielt Ausschau nach einem Hinterausgang, den sie nach einer Abzweigung auch entdeckte. Verschlossen!

Eine alte Frau öffnete einen Spalt breit ihre Wohnungstür und steckte verwundert ihren Kopf heraus. Als sie sah, wie Lisa verzweifelt an der Hintertür rüttelte, trat sie heraus. „You don't need a key! Just push the button.“

Button – Lisa überlegte, was dies hieß. Knopf, oder? Natürlich! Die Tür musste ja von innen zu öffnen sein. Sie suchte an den Wänden danach und fand einen Schalter, auf den sie drücken konnte. Es surrte, die Tür sprang auf.

„Thanks a lot", rief sie über die Schulter zurück, während sie in den Hinterhof stürmte. Dort stieß sie auf ein weiteres Haus, das an jene Straßenseite grenzte, auf der Lisa die Mutter mit ihrem Korb vermutete. Vielleicht hielt sie sich dort drinnen auf, Lisa hoffte es. Der Zaun war nicht hoch, da konnte sie einfach hinüberklettern. Plötzlich kamen Schreie aus dem Haus. Lisa blickte hoch. Dunkle Wolken wallten über den Dachfirst. Die Schwärze hatte anscheinend bereits Teile des Hauses

eingenommen. Der Reihe nach flüchteten Menschen in den Innenhof. Lisa starrte in entsetzte Gesichter. Langsam erkannten sie, dass es kein Entkommen vor dem dunklen, dräuenden Nebel gab. Die schwarze Gefahr lauerte überall. War es das? Keine Hilfe mehr von außen? Nichts?

Lisa entdeckte ein junges Ehepaar, zwei alte Menschen und eine Mutter mit einem Kleinkind auf dem Arm. Moment! Das war doch die Mutter, nach der sie suchte! Lisas Herz schlug schneller. Doch wo war ihr Korb?

„Please, give me my basket! Please!“, forderte Lisa am Zaun ihren Besitz zurück.

„It is inside the house. Do you really need it?“ Die Mutter hatte also bereits erkannt, dass sie den falschen mitgenommen hatte. Was sie nicht ahnte, war, dass darin der Stein lag, der sie alle retten konnte.

„Yes! Maybe I can help and save us“, sagte Lisa.

„So please give me my basket!“

Jonas

Kapitel 9

Es war wie verhext! Im Keller der Schule suchten Jonas und sein Direktor verzweifelt nach dem Stein, aber er blieb unauffindbar. Während der Bücherhaufen auf dem Boden wuchs, verdichtete sich der Eingang des Lagers mit Schwärze. Dann teilte sie sich in zwei Schwaden auf, die an den Seitenwänden entlangkrochen. Noch lag das Regal frei. Die Frage war, wie lange noch.

„Verdammt noch mal!“, polterte der Direktor.

„Wieso nur habe ich ihn so gut versteckt?“

„Wir werden es nicht schaffen!“, rief Jonas.

„Doch!“, widersprach der Direktor. „Weiter!“

Jonas beobachtete, wie sich eine Wolkenzunge aus der Nebelbank löste und nach ihnen leckte. Er spürte, wie kalt das schwarze Nichts war, seine Nackenhaare sträubten sich. Blitzartig zog ihn sein Direktor weg. Gemeinsam liefen sie auf die andere Seite des Regals.

„Nicht ablenken lassen!“, forderte der Direktor.

Wie recht er hatte! Es gab ja noch seine Enkelin und hoffentlich eine dritte Person, die irgendwo in der Welt alles versuchten, um mit ihren Steinen solange wie möglich zu überleben. Sie würden sich auf ihn verlassen. Er konnte sie und all die Menschen nicht im Stich lassen, er musste es schaffen, die Pforte zu öffnen!
„Jetzt weiß ich es wieder", hellte sich die Miene des Direktors schlagartig auf. „Ganz am Ende des Regals. Dort habe ich ihn in einem grauen Einband versteckt." Der Direktor deutete in eine Richtung, die Jonas sofort einschlagen wollte. „Nein, warte! Das mache ich!", befahl der Direktor. „Du läufst zu der alten Ziegelwand da drüben. Ich lotse dich von dort zum Eingang der Geheimtür, solange der Weg dahin noch frei ist!"
„Lassen Sie mich das …"
„Keine Widerrede! Wenn wir beide eingesperrt sind, bringt uns der Stein auch nichts mehr! Ich hole ihn und werfe ihn dir zu!"
Jonas machte einen Bogen um die schwarze Zunge herum und stand nach ein paar Schritten an der Ziegelwand. Ohne auf weitere Anweisungen des Direktors zu warten, tastete er die Wand ab.

„Wo ist diese verdammte Geheimtür?“, fluchte er. „Ein Ziegel fällt aus der Reihe, er sieht anders aus als die anderen“, rief ihm der Direktor zu. „Er ist viel heller! Drücke ihn!“ Nach kurzer Suche entdeckte Jonas ihn über seinem Kopf. Er streckte sich und schob den Ziegel fest hinein. Es knallte ohrenbetäubend, dichter Staub wallte auf. Jonas schloss kurz die Augen und hielt eine Hand vors Gesicht. Noch hatte sich der Staub nicht gelegt, da entdeckte er einen kleinen Eingang, der nur gebückt zu betreten war. Wohin der schmale Gang führte, konnte er nicht erkennen. Jonas drehte sich um und erschrak.

Die Schwärze hatte sich fast vollkommen im Raum ausgebreitet! Vom Direktor fehlte jede Spur!

„Wo sind Sie?“, schrie Jonas panisch. „Ich sehe Sie nicht mehr! Sind Sie noch da?“ Er lauschte. Endlose Sekunden verstrichen. Fürchterliche Gedanken kreisten in seinem Kopf. War es das gewesen? Alle Mühe umsonst? Hatte er versagt? Sollte er in den Gang hineinlaufen und sich verstecken?

„Ja“, hörte er seinen Direktor flüstern, so als würde der Nebel auch die Worte verschlucken.

Jonas atmete auf. „Und wie komme ich zum Stein?“
„Zuwerfen geht nicht mehr, sonst verschwindet der Stein ins schwarze Nichts. Der Boden ist noch nebelfrei. Ich werde ihn dir zurollen. Sei bereit! Achtung … jetzt!“ Der Stein kollerte knapp neben Jonas an die Ziegelwand. Von dort prallte er leicht zurück, doch Jonas bückte sich blitzschnell und schnappte ihn, bevor er wieder in der Schwärze verschwinden konnte.
„Hast du ihn?“
„Ja! Ich hab ihn!“
„Dann …“
Die Stimme des Direktors verstummte. Es wurde still im Raum, eigenartig still.
„Herr Direktor!“, brüllte Jonas entsetzt, doch er hörte nichts mehr von ihm. Nach der Gitarrenlehrerin hatte er wahrscheinlich auch noch den Direktor an die Schwärze verloren. Einen Moment lang wollte Jonas aufgeben, aber dann schüttelte er sich und fasste neuen Mut. Er öffnete seine Hand, in welcher der Stein lag. Er funkelte, genug, um ihm den Gang auszuleuchten. Der Weg führte tief in die Wand hinein und schien schmaler und niedriger zu werden. Je weiter er vorankam, desto heller strahlte

jedoch der Stein. Es wurde so eng, dass Jonas nichts anderes übrig blieb, als auf allen vieren voranzukriechen. „Hoffentlich bleibe ich nicht stecken", dachte er. Aber er musste weiter, auch wenn ihn die Angst packte, hier für alle Zeiten eingeklemmt zu werden. Er nahm einen Geruch wahr, den er mit Tieren verband. Außerdem fühlte er eine Art Haut unter seinen Knien. Er führte den hellen Stein dorthin und fragte sich, ob das Schuppen waren. Etwa riesige Schuppen von einem Drachen? Unmöglich! So etwas gab es nicht! Doch jetzt war nicht die Zeit, darüber nachzudenken. Folgte ihm die Schwärze, war sie schon nah? Es machte ihn rasend, nicht zu wissen, wie viel Vorsprung er noch hatte. Der Tunnel war zu schmal, um sich umdrehen zu können. Plötzlich ging es nicht mehr weiter. Er war am Ende seines Weges angekommen. Er hielt den Stein wie eine Lampe vor sich und starrte auf die Felswand. Er entdeckte eine kleine Vertiefung mit einem Drachensymbol darin. Passte sein Stein da hinein? War das der Schlüssel zum schwarzen Drachen? Das Licht seines Drachensteins flirrte, wurde schließlich beißend grell und weiß. Jonas schloss die Augen. Blind tastete er nach der Aushöhlung und legte den Stein in die Vertiefung.

Jonas

Kapitel 10

Jonas blinzelte. Um ihn herum war es dunkler geworden, trotzdem tanzten grelle Punkte vor seinen Augen. Der Geheimgang war verschwunden, er war in einer feuchtwarmen Höhle gelandet, die nach oben offen war. Von dort drang etwas Licht herein, auf dem Boden blieb es schummrig und düster. Jonas' unmittelbare Umgebung wurde vom Drachenstein erhellt. Er fragte sich, ob er die Tür zum Drachen geöffnet oder versagt hatte und woanders gelandet war? Er wusste es nicht. Wo waren die beiden anderen Menschen mit ihren Drachensteinen? Hatten sie es etwa nicht geschafft? War er hier für immer alleine gefangen? Dieser Gedanke machte ihn verrückt. Er musste die Höhle auskundschaften und mehr erfahren. Langsam setzte er sich in Bewegung. Unter seinen Füßen knackste es, Gänsehaut kroch über seinen Rücken. Es waren alte, morsche Knochen, auf die er trat. Er erblickte Tropfsteine.

Eine Fledermaus flog an ihm vorüber, Jonas zuckte zusammen. Vermutlich war sie nicht die einzige, die hier ihr Quartier hatte.

„Hallo?“, rief eine krächzende Stimme.

„Bist du die Enkelin vom Schuldirektor?“, fragte Jonas vorsichtig.

„Nenn mich noch einmal ein Mädchen und ich verpasse dir eine!“

Aus einer steinernen Nische trat ein verwahrloster Junge, der ein schwarzes Plastiksackerl in der Hand hielt. Er war schlaksig und wirkte unterernährt, seine Kleidung war zerrissen.

„Ich weiß zwar nicht, warum ich hier gelandet bin …“, meinte der Junge etwas versöhnlicher, öffnete die Hand und hielt einen Stein mit einer leuchtenden Drachengravur hoch. „Ich schätze deswegen, aber ich bin froh darüber, sonst wäre mein Gesicht voller blauer Flecken.“

Jonas überlegte. Ihm gegenüber stand ein – Straßenjunge? War er es, der die Tasche des Direktors entwendet hatte? War er so zum Stein gekommen?

„Woher hast du ihn?“, fragte er den Jungen forsch.

„Ich habe ihn heute gefunden“, antwortete dieser. „In einer Tasche, die herrenlos auf einer Bushaltestelle gestanden hat.“

„Du meinst, du hast ihn gestohlen! Der gehörte meinem Direktor!“

„Meinem Opa“, mischte sich jemand ein.

Jonas drehte sich um. Ein Mädchen kam auf ihn zu. Sie war – das musste er sich eingestehen – äußerst hübsch. Ihr Haar war feucht, sie trug ein weißes T-Shirt, die sichtbaren schwarzen Träger auf ihren Schultern deuteten auf einen Bikini – vermutlich war sie vor Kurzem schwimmen gewesen. Zum Glück war es hier in der Höhle nicht allzu kalt.

„Und ich kann erklären, warum wir hier zu dritt aufgetaucht sind.“ Sie berichtete, dass ein Stein notwendig war, die Pforte zu öffnen und die anderen zwei, um zu gleicher Zeit hierher zu gelangen.

„Wer von euch beiden hat das Tor zum schwarzen Drachen geöffnet?“

„Das war wohl ich“, antwortete Jonas zögernd, „mithilfe deines Großvaters natürlich …“

„Warum so schüchtern? Noch nie ein Mädchen

gesehen?“ Lächelnd streckte sie ihm eine Hand entgegen und stellte sich als Lisa vor. Sie erzählte nun ihre Geschichte und wie sie im allerletzten Moment an ihren Korb samt Kette gekommen war. Auch Jonas teilte den anderen mit, was sich in seiner Schule abgespielt und er von seinem Schuldirektor, Lisas Opa, erfahren hatte.

„Ha! Meine Geschichte ist viel kürzer. Ich bin Tom, lebe auf der Straße und bin wie Jonas zufällig an den Stein gelangt. Aber glaubt mir, auch bei mir war es alles andere als einfach.“

„Das glauben wir dir“, klopfte ihm Lisa auf die Schulter. Wie konnte sie einem Dieb so freundlich gesinnt sein? Jonas kapierte es nicht.

„Was hat dir mein Opa noch alles erzählt?“, wollte Lisa nun genauer in Erfahrung bringen. „Ich kenne die Entstehungsgeschichte der Schwärze und warum die Drachen damals beinahe ausgestorben sind, aber nur bis zu jener Stelle, wo erklärt wird, wie einen die Steine hierherbringen sollten.“

„Da weißt du vermutlich mehr als wir beide“, vermutete Jonas, „also erzähle uns bitte davon.“

„Na gut“, willigte Lisa ein. „Früher herrschten nicht Menschen, sondern Drachen auf diesem Planeten. Sie waren schlau, kommunizierten über Gedanken und lebten glücklich im Einklang mit der Natur und allen Lebewesen, bis irgendwann kaum Junge mehr geboren wurden. Zunächst war man nicht sonderlich beunruhigt, weil Drachen ja Hunderte Jahre alt werden können und ihre Anzahl kaum abnahm. Man vertraute darauf, rasch die Ursache zu finden. Vielleicht würde sich auch alles wieder von allein regeln. Doch das Rätsel wurde nicht gelöst, die Drachen wurden weniger und Panik breitete sich aus.
Hoffnung machte ihnen nur noch eine uralte Sage. Man erzählte sich, dass eine Schwärze sie retten könnte und sie sich schlagartig wieder vermehren würden. Säugetiere namens Menschen sollten auf der Erde auftauchen, in der Schwärze verschluckt werden und dabei eine wichtige Rolle spielen. Nur drei Steine, wenn von ihren Besitzern getragen, könnten ihnen dann noch gefährlich werden.
Doch niemand wusste, wie diese Schwärze entstehen und wodurch sie ausgelöst werden sollte. Es gab viele

Gerüchte darüber. Manche Drachen meinten, man müsste nur lange genug die Luft anhalten, um schwarzes Feuer zu speien. Andere glaubten, dass diese Schwärze von einem Gewitter oder einem Vulkan stammen könnte. Die meisten waren sich darin einig, dass all das Rätselraten sinnlos wäre, solange diese sonderlichen Wesen, Menschen genannt, nicht existieren würden. Die Zeit verstrich und niemand fand etwas heraus.

Schließlich waren nur noch zwei Drachen übrig geblieben. Einer davon war ein schwarzer Drache, der zurückgezogen in einer feuchtwarmen Höhle lebte. Eines Tages besuchte er seinen Artgenossen. Die beiden wagten einen gemeinsamen Rundflug und entdeckten neue Säugetiere auf zwei Beinen, die überall herumwimmelten und die Erde übernommen hatten – die Menschen.

Hoffnung keimte auf, dennoch stritten sie über die Frage, ob sie nach der Schwärze suchen oder ob die neuartigen Wesen einfach in Ruhe gelassen werden sollten. Der Streit wurde heftiger und endete in einem folgenschweren Kampf, bei dem zufällig die Schwärze entdeckt und freigesetzt wurde …

Ich glaube, ab da wusste Opa selbst nicht weiter. Den Rest der Geschichte erzählte er mir immer in unterschiedlichen Versionen.“

„Das deckt sich mit dem, was mir dein Großvater gerade eben gesagt hat“, bestätigte Jonas. „Die letzten Seiten im Buch sind nämlich leer geblieben.“

„Sonst noch etwas Wichtiges?“

„Er hat immer wieder darauf hingewiesen, dass man für unsere Rettung alle drei Steine benötigt – aber wie diese genau aussehen soll, wusste auch er nicht. Er war sich nur ziemlich sicher, dass wir uns alle, hätte sich die Schwärze erst mal ganz ausgedehnt, in Drachen verwandeln oder sterben würden.“

„Mehr Infos hast du nicht bekommen?“

„Wir hatten Stress.“

„Schon gut.“

„Vielleicht kann ich ja helfen“, meinte Tom und holte ein Buch aus seinem Sackerl hervor.

„Opas Drachenbuch“, jubelte Lisa. „Woher …?“

„Frage lieber nicht“, antwortete Tom ausweichend. „Ich habe schon reingesehen, die Schrift ist leider nicht zu lesen, aber da und dort findet man

Notizen und vielleicht helfen uns ja auch die Bilder weiter …“

Lautes Gebrüll, das in der Höhle lange als Echo nachhallte, ließ die Kinder verstummen.

Niemand sprach ein Wort. In Jonas’ Kopf formte sich ein Bild eines übermächtigen Drachen, der sich auf sie stürzen würde. Dieser Gedanke machte ihm Angst. Die Schwärze war schon bedrohlich gewesen, aber ein Drache – das war noch einmal ein anderes Kaliber!

„Dann liegt es an uns, gleich herauszufinden, was es mit dem Drachen auf sich hat.“

Dieser Tom. Es kam Jonas vor, als würde er alles so locker nehmen. Vielleicht störte ihn gerade das an ihm. Dass Tom viel mutiger wirkte als er.

„Wir könnten ja noch ein wenig im Buch schmökern, vielleicht finden wir da mehr“, schlug Lisa vor. Opa hatte ihr zwar nie daraus vorgelesen, weil er es liebte, frei zu erzählen, aber sie kannte den Umschlag, weil das Buch oft auf seinem Bürotisch gelegen hatte.

„Dauert zu lange! Hier entlang“, befahl Tom und zeigte in eine Richtung. „Ladys first!“

„Haha – sehr witzig“, erwiderte Lisa.

„Wir sollten uns wirklich beeilen“, gab Jonas Tom Recht und deutete nach oben. „Man sieht es zwar fast nicht, weil der Spalt ins Freie vermutlich schmal ist. Ich denke aber, am Himmel ziehen bereits Nebelschwaden umher. Die Schwärze wird auch bald die Höhle erreicht haben.“

„Du gehst also voran?“, wollte Tom wissen.

„Das, äh ... habe ich so nicht gemeint.“

„Ich mach das schon“, grinste Tom kopfschüttelnd und ging los. Er schlug die Richtung ein, aus der das Gebrüll vermutlich gekommen war. Ihre Steine funkelten nun heller, sodass sie ausreichend weit sehen konnten. Über ihren Köpfen kreiste eine Fledermaus, irgendwo hörten sie Wasser plätschern. Jonas verfluchte sich selbst. Noch ein paar Stunden zuvor war ihm sein Leben so langweilig vorgekommen, jetzt sehnte er sich danach zurück.

Der Weg führte sie schließlich in einen großen, kreisförmig ausgehöhlten Raum. Toms Schritte wurden langsamer. Schwarzer Nebel stieg auf, genau aus der Ecke, aus der sie auf einmal die Umrisse des Drachen erahnen konnten. Jonas spürte es – das Tier

war unmittelbar vor ihnen. Es rang schnell und hastig nach Luft. Mit jedem Atemzug presste es schwarzen Rauch aus seinen Nüstern, der sich nach oben verflüchtigte. Der Drache, der in der Ecke auf sie lauerte ...

er war also die Quelle der Schwärze. Jonas hatte sich getäuscht, als er vorhin geglaubt hatte, dass die Schwärze in die Höhle eindringen würde. Der Drache brüllte los. In der Kaverne wurde es unglaublich laut, die drei hielten sich die Ohren zu. Grün funkelnde Augen starrten sie an. Das Tier war mächtiger, als sie es sich vorgestellt hatten. Wenn die Augen schon so groß waren, wie groß würde dann wohl der gesamte Körper sein?

„Es gibt ihn also wirklich!“, schrie Lisa. „Großvater hatte Recht!“

„Und was nun? Müssen wir ihn besiegen?“, fragte Tom vorwitzig.

„Seid still!“, unterbrach Jonas die beiden, als sich das Untier etwas beruhigt hatte. „Hört ihr das?“

Zunächst konnten sie nur das Schnauben des Drachen feststellen. Dann aber folgte ein unbekanntes, metallisches Geräusch, das nicht in die Höhle passte.

„Das Rasseln einer Kette!“, mutmaßte Jonas. „Ich glaube, er ist angekettet.“

Lisa

Kapitel 11

Lisa vertraute Jonas und darauf, dass der Drache nicht frei herumlief. Ein Bursche wie er, der nicht der Allermutigste zu sein schien, musste davon überzeugt sein, dass so ein wildes Tier gefesselt war.

„Ich ... äh bin mir sicher“, stammelte Jonas, „er hätte uns längst attackiert! Nun, tja ...“

„Ich mach’ das schon und geh vor“, verdrehte Tom die Augen. „Um den Straßenjungen ist es ja weniger schade.“ Er drängte Jonas zur Seite und pirschte sich an den Lindwurm heran.

„Die beiden sind so unterschiedlich“, dachte sich Lisa, als sie Tom folgte und ins Blickfeld des Drachen trat. Zum ersten Mal sah sie ihn in seiner ganzen Pracht. Das Tier war rund zwanzig Meter lang, trug ein rabenschwarzes Schuppenkleid und lag ausgestreckt und hilflos vor ihnen. Sein Hals lag in einem stählernen Halsband, das es ihm nicht erlaubte, den Kopf zu heben. Eine rostige, dicke Metallkette spannte ihn zu Boden. Es schnaubte und spie schwarzen Rauch.

Lisas Magen zog sich zusammen, ihr tat der Drache leid.
„Seht ihr das?“, rief Tom, als er den mächtigen Körper mit seinem hell strahlenden Stein etwas genauer betrachtete. „Die einzelnen roten Schuppen! Im Gegensatz zu den schwarzen bohren sie sich wie Stacheln in seine Haut! Woher kommen die bloß?“
Lisa musste ihm Recht geben. Die roten Schuppen wirkten wie Fremdkörper. „Zeit für das Buch“,

meinte sie und wartete ungeduldig darauf, dass es ihr Tom aushändigte.

Der zog es vor, selbst nachzuforschen und blätterte zu jener Stelle, an der ein roter Drache einen schwarzen mit seinen Schuppen bewarf.

„Da! Seht nur! Es gibt ja zwei davon“, sagte Jonas.

„I knew it“, stimmte ihm Lisa auf Englisch zu.

„Du wusstest davon?“, fragte Jonas.

„Ganz sicher war ich mir nicht, aber jetzt, wo ich das Bild sehe, ist es mir wieder eingefallen. Der rote Drache stürzt sich auf den schwarzen. Ich glaube nicht, dass der schwarze Drache unser Feind ist!"
„Also so eindeutig sehe ich das nicht", erwiderte Jonas. „Die beiden haben gekämpft und dann ..."
„Bevor ihr zwei euch in die Haare kriegt", mischte sich Tom ein, „schauen wir doch einfach nach, was wir auf den nächsten Seiten finden."
Zunächst waren die Kinder enttäuscht, keine Bilder vorzufinden, aber auf einer der Seiten erkannte Lisa die Handschrift ihres Großvaters: *Ist der rote Drache böse? Sind die roten Schuppen vergiftet? Bläst deswegen der schwarze Drache unfreiwillig die Schwärze aus seinem Körper? Muss man ihm helfen und die roten Schuppen entfernen?*
„Jetzt überzeugt?", fragte Lisa.
„Ehrlich gesagt, nein", erwiderte Jonas.
Lisa ärgerte sich über ihn, schlug aber dann versöhnliche Töne an. „Opa erwähnte in keiner seiner vielen Versionen, dass der schwarze Drache böse sei. Oder hat er das etwa dir berichtet?"

Jonas seufzte und schüttelte den Kopf. „Nein, das hat er nicht. Dennoch wirkt der Drache aggressiv auf mich."

„Aber nicht unseretwegen. Ich glaube, er hat bloß heftige Schmerzen. Wir müssen ihn losketten und dann die roten Schuppen entfernen! Vielleicht liegt genau darin unsere Rettung ..."

„Und wenn dein Großvater und du falsch liegt? Ihr verlasst euch auf ein Buch und wisst vermutlich nicht einmal, wer es geschrieben hat! Die Dinos werden es ja wohl kaum selber gewesen sein und Menschen haben zur großen Drachenzeit noch nicht einmal gelebt, das hast du doch vorhin gerade erzählt."

„Ich gebe dir Recht. Wir zählen auf dieses alte Buch hier. Ein Buch, von dem wir nicht wissen, wer es verfasst hat. Ein Buch, in dem bislang sämtliche Ereignisse richtig wiedergegeben sind. Oder etwa nicht?" Lisa legte eine kurze Pause ein, ehe sie fortfuhr. „Außerdem ... haben wir überhaupt noch eine Wahl? Entweder der Drache frisst uns, was ich nicht glaube, oder er bläst noch mehr der gefährlichen Schwärze aus, sodass wir alle zu Drachen werden oder darin umkommen."

Jonas grummelte. „Okay, okay – ich hab's kapiert, aber dann bitte in umgekehrter Reihenfolge!"
„Wie?", fragte Lisa verdutzt.
„Lasst uns zuerst die roten Schuppen entfernen. Wenn uns das gelingt, er sich nicht wehrt und der Rauch verschwindet, dann befreien wir ihn."
Damit waren alle drei einverstanden. Sie näherten sich dem Drachen von allen Seiten und hofften, dass er sich ruhig verhielt. Auch wenn er gefesselt war, würden seine scharfen Krallen ausreichen, sie schwer zu verletzen. Außerdem lag sein tonnenschwerer Schwanz frei, ein Schlag, und es wäre vorbei mit ihnen.
„Riecht ihr das?", fragte Tom die anderen beiden, als er dicht vor dem riesigen Drachenkörper stand. „Die roten Schuppen stinken!" Mutig griff Tom nach einer und zog ruckartig daran. Sie löste sich sofort. Der Drache hielt dabei zur Überraschung aller still. Tom fasste die rote Schuppe mit Daumen und Zeigefinger und betrachtete sie im Licht der Steine genauer. Ein kleiner Stachel befand sich am unteren Schuppenende, aus dem eine blutrote Flüssigkeit tropfte. Er ließ sie fallen. „Vielleicht enthalten die Schuppen sogar Gift ..."

„Weiter!“, sagte Lisa.
Stück für Stück zogen sie alle heraus, an die sie nur irgendwie herankommen konnten. Manchmal zuckte der Drache, aber er wehrte sich nicht dagegen – für Lisa ein weiteres Zeichen, dass er ihnen wohlgesonnen war. Der schwarze Rauch war deutlich schwächer geworden.
„Es hilft!“, freute sich Lisa. „Wer klettert auf ihn und reißt die letzten heraus?“

Tom wollte sich gerade freiwillig melden, da hörten sie hoch über sich ein ohrenbetäubendes Gebrüll. Sie richteten den Blick zur schmalen Öffnung hinauf. Es schien dunkler geworden zu sein, möglicherweise war der Himmel fast gänzlich schwarz. Irgendetwas näherte sich ihnen mit gewaltiger Geschwindigkeit. Als Feuer gespien wurde, stellten die drei Kinder entsetzt fest, wie ein roter Drache durch seine eigenen Flammen hindurchschoss und sich im Sturzflug befand. Schon aus der Ferne wirkte er größer und kräftiger als der schwarze.

Angst stieg in Lisa hoch.

„Der rote Drache greift uns an", kreischte Jonas.

„Dann müssen wir dem schwarzen Drachen helfen", brüllte Lisa. „Er ist unsere letzte Hoffnung, so glaubt mir! Er wird uns nichts tun! Der rote Drache ist sein Feind! Ich klettere auf ihn und entferne den Rest an roten Schuppen, ihr müsst es schaffen, ihn loszuketten! Euch bleibt fast keine Zeit!"

Tom

Kapitel 12

Tom wurde – was ihm selten passierte – nervös. Wie zum Teufel sollte er den schwarzen Drachen so rasch befreien können? Er sah zum Metallhalsband, das den Hals eng umschloss. Es schien unverwüstlich und die Kette war fest im Boden verankert. Da half nur rohe Gewalt. Er hob einen schweren Stein hoch und hämmerte mit voller Wucht auf die Kette ein. Sie zersprang nicht, schien nur ein paar Kratzer abbekommen zu haben. Er musste stärker auf die Kettenglieder einhämmern.

„Was stehst du da blöd herum?“, herrschte er Jonas an, weil der sich Toms Drachenbuch geschnappt hatte und gedankenverloren darin blätterte. „So hilf mir doch!“

„Befreit ihn endlich!“, rief Lisa vom Rücken des schwarzen Drachen herunter. „Egal wie! Er ist gleich hier!“

Der rote Drache hatte seinen Sturzflug gebremst, die Engstelle in den Höhlenraum passiert und glitt mit

gespreizten Flügeln die Felswände entlang. Runde um Runde näherte er sich dem schwarzen Drachen. Hin und wieder streifte er mit seinen Schwingen die Felsen. Gesteinsbrocken prasselten herab und schlugen polternd zu Boden.

Lisa war gerade dabei, die letzten roten Schuppen aus der schwarzen Drachenhaut zu ziehen, da schnaubte der schwarze Drache wütend und bäumte sich auf. Sie verlor das Gleichgewicht, nur mit Glück und Geschick konnte sie sich auf dem Rücken des Lindwurms halten.
„Verdammt!", dachte sich Tom. „So gut ist es bis jetzt gelaufen! Aus dem Maul des schwarzen Drachen kommt kaum noch Rauch und die Quelle der Schwärze wird in wenigen Augenblicken versiegt sein. Der rote Drache vermasselt alles! Und die Kette zerspringt nicht, und Jonas hilft mir nicht!"
„Leute, ich habe etwas entdeckt!", rief Jonas und tippte dabei auf eine Seite im Buch. „Die Flüssigkeit! Vielleicht zerstört sie ja die Kette! Eine kleine Zeichnung deines Opas scheint genau das anzudeuten! Lisa, gib mir eine von den roten Schuppen, aber bitte vorsichtig, wer weiß, was diese rote Flüssigkeit noch alles zerstören kann außer Eisenfesseln!"
Beide streckten sich und Jonas griff mit zitternder Hand nach der roten Schuppe.
„Ich mache das", fuhr Tom dazwischen, der aufgehört hatte, mit dem Stein auf die Kette zu hämmern. Er war

von Jonas' Idee beeindruckt. Wortlos reichte ihm Jonas die Schuppe. Ein Tropfen lief den Stachel entlang, Tom schauderte. Er durfte das rote Drachenblut weder verlieren noch davon berührt werden. Keinesfalls wollte er herausfinden, was dann mit seinen Fingern geschehen würde. Er eilte zur Kette und ließ blutrote Tropfen auf einige Kettenglieder fallen.
„Lisa, pass auf!“, brüllte Jonas plötzlich. „Er greift dich an!“
Der rote Drache hatte blitzartig seine Flugkurve geändert und steuerte auf Lisa zu. Ein Feuerstrahl fuhr aus seinem Maul. Lisa spürte die sengende Hitze auf sich zukommen und sprang in die Tiefe. Der Rand der Feuerzunge streifte ihr langes, flatterndes Haar, es roch verbrannt. Mit den Händen voraus landete sie auf der Erde und rollte sich ab, die Burschen halfen ihr auf.
„Wir müssen in Deckung gehen“, rief Jonas.
„Aber der schwarze Drache ist doch vollkommen wehrlos ...“
„Wir können ihm nicht mehr helfen“, erwiderte er. „Außerdem scheint ihn der rote Drache nicht anzugreifen. Offensichtlich liegt noch nicht genug

Schwärze über der Welt und der gefesselte Drache soll weiterhin den dunklen Brodem in die Welt hauchen!"
„Jonas hat Recht", warf Tom ein. „Wenn wir tot sind, hilft das niemandem weiter!"
Die drei flüchteten sich hinter einen Felsen, der wenigstens für einen Augenblick Schutz bot.
Einen Moment später landete der rote Drache neben seinem Artgenossen, drehte den langen Hals und zupfte eine einzelne rote Schuppe aus seinem Rücken. Dann schleuderte er die Schuppe mit einer kräftigen Bewegung seines Kopfes auf den schwarzen Drachen.
„So drangen die roten Schuppen in seinen Körper ein und haben die Schwärze verursacht", dachte sich Tom.
Der schwarze Drache brüllte auf, als sich die Schuppe in seine Haut bohrte, und rüttelte an seinen Fesseln. Vergebens.
„Es war alles umsonst!", krächzte Lisa.
Der schwarze Drache riss noch einmal an der Kette. Da zersprangen die Kettenglieder an jenen Stellen, die Tom beträufelt hatte.
„Es funktioniert doch!", schrie Lisa auf. „Die blutroten Tropfen wirken. Der schwarze Drache ist frei!"

Tom war skeptisch. Der Drache war frei, aber geschwächt. Außerdem schleuderte der rote Drache weiter Schuppen auf ihn. Nach jedem Treffer schnaubte der schwarze Lindwurm voll Qual und wieder quoll Schwärze aus seinen Nüstern. Seine Kräfte schienen zu versiegen.

„Flieg doch weg!“, flehte Lisa. „Bitte!“ Und wie auf ein Signal spannte der schwarze Drache seine Flügel, doch die Schläge waren schwach und zu langsam, um abheben zu können.

„Wir müssen etwas tun!“, rief Lisa. „Bevor er sich überhaupt nicht mehr wehren kann.“

Ihr stiegen Tränen in die Augen.

Tom überlegte. Ihm fielen die drei Einbuchtungen ein, die er am Bauch des schwarzen Drachen entdeckt hatte, als er nach der Kette des Drachen gesehen hatte. Er hatte ihnen nicht viel Beachtung geschenkt. Drei Einbuchtungen, ergab das nicht einen tieferen Sinn? Oder war es nur ein Strohhalm, an den er sich klammerte? Er fasste einen Gedanken. Sie mussten es versuchen!

Jonas

Kapitel 13

„Habt ihr eure Steine griffbereit?“, fragte Tom die anderen.

Jonas griff in seine Hosentasche – der Stein war da.

„Meine Kette“, stammelte Lisa, der schlagartig sämtliche Farbe aus dem Gesicht wich, „sie ist weg!“

„Vielleicht hast du sie beim Sprung vom Drachen verloren?“, fragte Tom.

„Möglich …“

„Ist sie vielleicht das?“, rief Jonas. „Dort hinten!“

Er beleuchtete mit seinem Stein eine Stelle unweit von ihnen.

„Von hier schwer zu erkennen, aber vermutlich schon“, mutmaßte Lisa.

Nur ein kleines Stück davon entfernt stand der rote Drache, der aufgehört hatte, seine Schuppen wie Wurfpfeile auf den schwarzen zu schleudern. Kraftlos war der dunkle Lindwurm in sich zusammengesunken und lag ausgestreckt auf dem felsigen Boden. Aus seinem

Maul und seinen Nüstern quollen dicke, schwarze Rauchwolken, anscheinend genügend, um den roten Drachen innehalten zu lassen.
Jonas fühlte, dass ihnen keine Zeit mehr blieb.
In wenigen Augenblicken würde die Schwärze auch sie erfassen.
„Was sollen wir tun, Tom? Schnell, was ist dein Plan?“
„Am Bauch des schwarzen Drachen habe ich drei Einbuchtungen entdeckt, die dieselbe Größe wie unsere Steine haben. Vielleicht aktivieren wir irgendetwas, wenn wir sie dort hineinstecken. Nur drei Steine, wenn von ihrem Besitzer getragen, könnten ihnen dann noch gefährlich werden, so steht es in dem Buch geschrieben. Vielleicht ist ja der schwarze Drache als Besitzer gemeint.“
„Und wenn du dich irrst?“, entgegnete Jonas, hielt im selben Moment aber den Atem an. „Ich … du hast Recht! Lisas Opa war davon überzeugt, dass nur alle drei Steine uns retten könnten und hat diesen Satz dabei ganz besonders betont. Vielleicht ist genau das gemeint, was du nun vorgeschlagen hast. Also, lass es uns versuchen!“

Sie nickten einander aufmunternd zu.

„Ich werde das rote Ungeheuer ablenken und die Kette holen“, rief Tom. „Lisa, du nimmst meinen Stein, ihr beide lauft damit zum Drachen und platziert eure dort!

Ich komme mit der Kette nach.“ Er streckte drei Finger in die Höhe und zählte herunter. Als er bei Null angekommen war, wagte er sich aus dem Versteck und lief los. Nach Augenblicken erspähte ihn der rote Drache. Mit einem lauten Schnauben fuhr ein Feuerstrahl aus seinem Maul. Keine Sekunde zu spät warf sich Tom zu Boden und fischte nach Lisas Kette. Er ergriff sie, sprang hoch und erreichte einen weiteren großen Felsbrocken, hinter dem er kurz durchatmen konnte. Der rote Drache hatte ihn aber nicht aus den Augen verloren und drehte sich brüllend in seine Richtung. Genau in dem Moment rannten Lisa und Jonas zum schwarzen Drachen. Nur mehr ein Röcheln drang aus seiner Kehle.
Die drei Einbuchtungen, wo waren sie? Verdeckt durch den schwarzen Drachen selbst, der sich nicht mehr zu rühren schien. Ihr Plan ging schief!
Jonas sah, wie Tom zu einem anderen Felsen sprintete und wieder einer Feuerlohe auswich. Wie lange ging das noch gut?
„Der rote Drache, jetzt hat er uns entdeckt!“, rief Jonas. Tom schrie und winkte, um ihn wieder zu sich zu

locken. Dieser aber hatte nur noch Lisa und Jonas im Visier.

Lisa wagte sich in ihrer Verzweiflung an den Kopf des schwarzen Drachen heran und berührte ihn an den Nüstern. Sie hielt Toms Stein in der Hand und legte ihn fast sanft auf die Drachenhaut. Als hätte dieser verstanden, nahm er all seine letzten Kräfte zusammen und wand sich zur Seite.

„Da! Die drei Einbuchtungen, da sind sie", rief Jonas. „Da sind sie!"

Geduckt lief Lisa los, während der rote Drache einen Feuerstrahl in ihre Richtung stieß.

„Schnell! Hinein damit", krächzte Jonas mit heiserer Stimme.

Sie drückten die beiden Steine in die Einbuchtungen – blitzartig lösten sich die roten Schuppen. Die Schwärze verebbte aus dem Drachenmaul. Der schwarze Drache hustete Asche, seine Kräfte schienen zurückzukehren, genauso wie das Glänzen seiner grünen Augen.

„Wir müssen aufsteigen", murmelte Lisa gedankenverloren.

„Was?", entsetzte sich Jonas, doch im selben Moment

hörte er den schwarzen Drachen in Gedanken zu sich sprechen. „Verrückt, ich verstehe ihn“, entfuhr es Jonas.

Die beiden kletterten auf den Drachenrücken. Der Lindwurm richtete sich auf und wurde plötzlich beeindruckend groß. „Die Steine laden meine Energie auf“, flüsterte ihnen der Drache zu.

Im nächsten Moment griff eine heiße Feuerzunge nach ihnen, die der rote Drache ausgespien hatte.

„Festhalten!“, dröhnte es in ihren Köpfen.

Die Kinder krallten sich am Drachen fest, der mit unbändiger Kraft seine Schwingen schlug und rasch Höhe gewann.

„Wir brauchen den dritten Stein“, tauchten seine Gedanken in ihren auf. „Damit ich Feuer speien und den roten Drachen besiegen kann!“

Doch das rote Ungeheuer versperrte ihnen den Weg zu Tom.

Tom

Kapitel 14

Toms Mut sank. Irgendwie musste er mit Lisas Kette zu den anderen gelangen. Nur wie? Der rote Drache warf Feuerzungen in alle Richtungen und hielt ihn und seine neuen Freunde gekonnt in Schach. Schlimmer noch – er bewegte sich langsam auf Tom zu. Nicht mehr lange und es gab kein Entrinnen mehr für ihn.
Da kam Tom ein letzter, rettender Gedanke. Mit Händen und Füßen versuchte er, seine Idee Lisa und Jonas deutlich zu machen. Dann lief er los.
Die ersten Meter hatte er schnell hinter sich gebracht. Der Felsen, hinter dem er sich verstecken wollte, war schon in Reichweite. Ein Feuerstrahl aus dem Schlund des roten Drachen verfehlte ihn knapp und Tom wähnte sich bereits in Sicherheit, als wie aus dem Nichts die Schwanzspitze des Ungeheuers auf ihn zuraste. Tom versuchte noch auszuweichen und nur das Ende des Schwanzes streifte ihn, aber der Schlag war so heftig, dass er wie eine Puppe gegen einen Felsbrocken taumelte.

Stöhnend sackte er zusammen und griff sich an die Brust. Das Atmen fiel ihm schwer und als er nach Sekunden seine Augen wieder öffnete, stand der rote Drache über ihm. Tom sah sein Ende kommen. Würde ihn der Drache verbrennen oder zertrampeln? Das Ungeheuer hob die scharfen Krallen. Tom schloss die Augen.

Lisa

Kapitel 15

Während Lisa und Jonas mit schreckgeweiteten Augen Toms Aktion verfolgt hatten, war der schwarze Drache wieder gelandet.

Mit einem Sprung löste sich Lisa vom Drachenrücken und lief auf jene Stelle zu, wo Tom die Kette liegen gelassen hatte und griff blitzschnell danach. Als sie wieder hochblickte, sah sie, wie der rote Drache seine Krallen hob.

„So tut doch was!“, brüllte Lisa.

Im selben Moment holte der schwarze Drache mit seinem Schwanz Schwung. Donnernd krachte die Spitze gegen den Kopf des roten Ungeheuers.

Es verlor das Gleichgewicht und taumelte zur Seite.

Es war sichtlich angeschlagen.

Jonas ballte die Siegesfaust, Lisa fiel ein Stein vom Herzen. Sie holte Luft und eilte zu Tom. „Steh auf“, rief sie ihm zu.

Tom öffnete die Augen und rappelte sich hoch.

„Schnell“, keuchte er, „platziere den letzten Stein, bevor wir wieder attackiert werden!“
Lisa rannte zum schwarzen Drachen und drückte den glimmernden Drachenstein in die dritte und letzte Einbuchtung. „Wir machen dich wieder stark“, flüsterte sie dabei. Lisa verspürte einen kleinen Stromschlag, so, als hätte sie einen eingeschalteten Weidezaun angegriffen.
Energie breitete sich im Körper des Drachen aus. Er holte tief Luft und spie einen mächtigen Feuerstrahl aus.
„Er will, dass wir aufsitzen“, meinte Jonas, „weil er so besser auf uns aufpassen kann.“
„Verständlich“, sagte Lisa, „wenn ich mir Tom so ansehe.“
„Sehr witzig“, antwortete Tom und ließ sich auf den Rücken des Drachen helfen.
Keine Sekunde zu spät – denn das rote Ungeheuer stürmte auf sie zu.

Jonas

Kapitel 16

„Wir müssen ihn ausschalten. Er ist verrückt und besessen von der Schwärze“, vernahmen sie die Gedanken des schwarzen Drachen. Dann breitete er seine Schwingen aus und erreichte mit raschen Flügelschlägen den Höhlenschlund. Mit angelegten Schwingen durchraste er ihn, dicht gefolgt vom roten Drachen.

Etwas Helle umgab den Schlund. Diese letzte freie Zone vor Augen, bremste der schwarze Drache seinen Flug und wartete auf den roten. Von Angesicht zu Angesicht sahen sie sich gegenüber. Sekunden, die Jonas wie eine Ewigkeit vorkamen, starrten sie einander an. Nur die kräftigen, peitschenartigen Flügelschläge waren zu hören, es war gespenstisch ruhig geworden auf der Erde, die Schwärze hatte alles Leben verschluckt. Jonas hielt den Atem an. Wenn sie nicht gewönnen, würden sie zu Drachen mutieren oder vielleicht sterben!? Ob eine Verwandlung schmerzhaft wäre? Sie mussten siegen! Jonas rechnete mit schauderhaftem Gebrüll, doch die Drachen holten lange und tief Atem, ehe sie beide einen gigantischen Feuerstrahl ausstießen. Brausen erfüllte die Luft. Die Feuerzungen trafen sich in der Mitte, eine ungeheuerliche Hitze ging davon aus. Welche Lohe würde die stärkere sein? Funken wirbelten durch die Luft, Lisa und Tom schlossen die Augen. Jonas versuchte, den Kampf im Blick zu behalten. Es sah nach einem Unentschieden aus. Doch von unten kroch die Schwärze zu ihnen empor, verdeckte langsam die Krallen des Drachen und drohte ihre Füße zu erreichen.

„Du musst ihn jetzt bezwingen!“, floss es fest und sicher aus Jonas’ Gedanken.

Ein Ruck ging durch den Drachenkörper und wenige Augenblicke später durchbrach sein Feuerstrahl den gegnerischen und traf den roten Drachen. Schlagartig färbten sich dessen Schuppen grau, seine Schwingen zitterten und taumelnd stürzte er in den Höhlenschlund. Das Brausen verebbte und Lisa und Tom öffneten die Augen.

„Yes!“, stieß Lisa einen Freudenschrei aus.

„Da, schaut!“, rief Jonas, „die Schwärze löst sich auf!“

Tom schwieg, doch trotz heftiger Schmerzen lächelte er.

Lisa

Kapitel 17

Sie wussten nicht, wie lange sie schon flogen.
Die Schwärze war mittlerweile verschwunden, die Sicht auf die Wälder und Wiesen klar und deutlich.
Viele offene Fragen schwirrten in Lisas Kopf herum.
War alles wieder wie früher? Was war mit den Menschen geschehen, die von der Nebelwand verschluckt worden waren? Waren sie unversehrt, weil sich die Schwärze noch nicht gänzlich ausgebreitet hatte? Waren sie zu Drachen geworden oder gar gestorben? Wie ging es ihren Familien und Freunden?
Selbst der Drache wusste keine Antwort darauf.
Irgendwann hatte sie es satt, ihn nur mit Drachen anzureden und fragte daher nach seinem Namen.
„Ich bin Quartuktus. In eurer Sprache heißt das Schwarzer Flieger."
„Warum seid ihr nur noch zu zweit? Warum habt ihr kaum mehr Junge auf die Welt bringen können?"
„Das ist eine gute Frage, Lisa, die wir nie beantworten

konnten. Ich fürchte, Ruber, der rote Drache, und ich werden die letzten Exemplare einer langen Drachendynastie bleiben und die Ursache dafür nie herausfinden können."

Lisa scheute sich davor, ihre nächste Frage zu stellen.

„Sehen wir dich wieder?"

„Ich muss rasch in die Höhle zurück", wich Quartuktus aus, „und mich um Ruber kümmern."

„Du glaubst also – er lebt noch?"

„Ich spüre es. Daher ist es meine Aufgabe, ab nun über ihn zu wachen. Du hast gesehen, was beinahe passiert wäre, wenn ihr nicht geholfen hättet. Und glaubt mir – er lässt niemals locker! Ein bisschen kann ich ihn ja verstehen. Wir beide sind die letzten unserer Art, da macht man aus der Einsamkeit heraus dumme Dinge. Er wollte uns Drachen retten, indem er mithilfe der Schwärze die Menschen in Drachen umwandeln wollte."

„Würdest du das nicht auch wollen? Wieder in einer großen Gruppe von Drachen zu leben?", fragte Lisa.

„Wir hatten unsere Zeit, Lisa. Und ihr Menschen habt das Recht, als Menschen zu leben."

„Wie hat Ruber die Schwärze entdeckt?"
„Das war purer Zufall. In seiner Wut hat er mich einmal mit Schuppen beworfen. So hat das Unglück seinen Lauf genommen – ich bin mit jeder Schuppe schwächer geworden und er hat mich überrumpelt und angekettet."

Es dämmerte bereits, als den drei Drachenfliegern die Landschaft vertraut vorkam. Sie entdeckten Menschen, die glücklich herumliefen und einander umarmten. Der dunkle Nebel hatte ihnen offenbar keinen Schaden zugefügt.
Jonas klopfte Tom auf die Schulter. Der stöhnte auf.
„Sorry, habe es vergessen", entschuldigte sich Jonas.
„Schon gut. Ein Straßenjunge hält so etwas locker aus."
Lisa war in Gedanken bei ihren Eltern gewesen, die sich bestimmt große Sorgen um sie machten, aber nun dachte sie an Tom. „Niemand soll ein Leben als Straßenjunge führen müssen! Natürlich muss er zunächst in ein Krankenhaus, aber wie soll es dann weitergehen?"

„Ich stell dich meinem Großvater vor", sagte Lisa bestimmt und griff nach Toms Hand. „Der weiß auf alles Rat!"
„Auch auf miese Typen wie Peter, meinen Anführer?", fragte er.
„Er wusste, wie die Menschheit zu retten ist. Dann sollte er auch das schaffen. Er wird sich etwas einfallen lassen, versprochen."

Schließlich leitete der Drache den Sinkflug ein, nachdem ihm Jonas in Gedanken mitgeteilt hatte, dass sie ihr Ziel erreicht hatten. Quartuktus setzte sanft auf einer Wiese auf.
„Das ist ja das Grundstück hinter meiner alten Schule", klatschte Lisa vor Freude in die Hände und rutschte vom Rücken des Drachen.
„Du freust dich, während ich hoffe, dass ich nicht auf meine Gitarrenlehrerin treffe", schmunzelte Jonas.
„Ich habe meinen Großvater schon so lange nicht mehr gesehen! Außerdem muss ich meine Eltern anrufen."
Der Moment näherte sich, den Lisa fürchtete.

Es hieß Abschied nehmen von Quartuktus.
„Du wirst mir fehlen!“, seufzte sie. „Aber ich weiß, du musst zurück. Du hast eine wichtige Aufgabe zu erfüllen.“ Sie hatte den Drachen trotz der kurzen Zeit liebgewonnen. Dann lehnte sie ihre Wange an seinen Hals und strich sanft über die Drachenhaut. Für immer würde sie mit ihm verbunden sein – es fiel ihr schwer, sich von ihm zu lösen, bis Quartuktus’ Gedanke in ihrem Kopf aufblitzte: Wir werden uns wiedersehen!

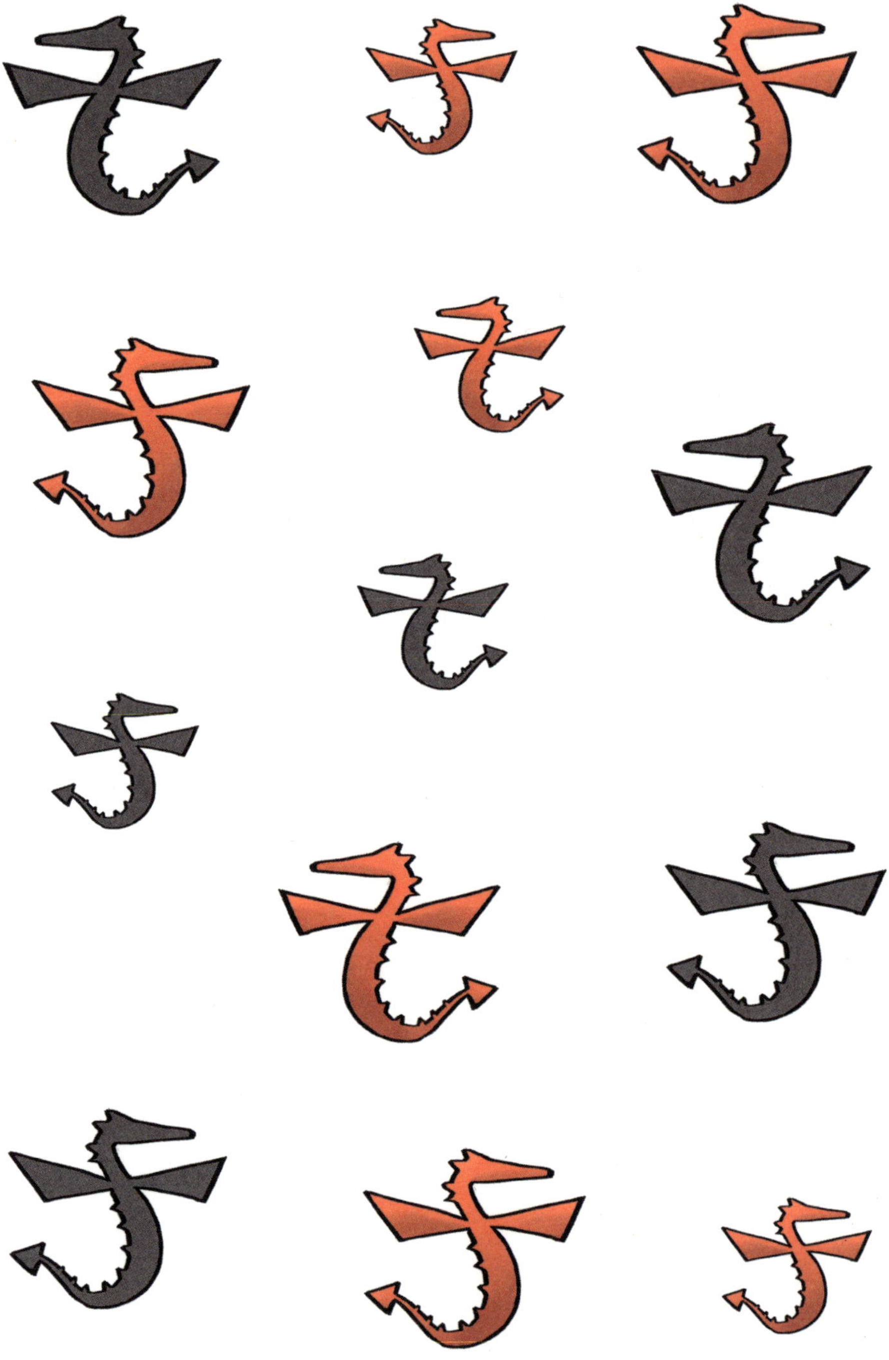